Odo de 2 Contens de la Pharmacie à Mr. Au Sin
françois Apotiquaire de la Rochelle, au Commencement
de son Bocquet Printanier, à la Rochelle 1600.
p. 44 de Sr Pierre Theodore Agrippa Albiniés
Epigrammes a un Tonnet Privé en la rivière du
[...] Epigrammes pour [...] je croy que Mr Mejanes
[...] dont il doit estre ensuitte à la p. 46 in
Mr [...] Ex Mont
[...] Et Lettres faite in [...] p. 342 348 354 395 397

Z.968.

14340

LES
LETTRES
& Occupations
de Iean Du-Sin.

A LA ROCHELLE,

De l'Imprimerie de HIEROSME
HAVLTIN.

Par CORNEILLE HERTMAN.

M. DC. XVII.

Dix Lettres à Mon-Seigneur le premier President.

Briefves Occupations;
De l'homme, à l'homme, & pour
l'homme.
Des choses naturelles & parti-
culieres.

Lettres. {
Au Roy.	1
A Madame.	
A Mes-Seigneurs les Princes du Sang.	1
A Mes-Seigneurs les Mareschaux de France.	1
A Messieurs des Cours de Parlement.	1
A Monsieur d'Aubigni.	4

B ij

LES
LETTRES A
MONSEIGNEUR,

Monseigneur de Harlai, Chevalier, Seigneur de Beaumont, Conseiller du Roy en ses Conseils d'Estat & privé, & premier President en sa Cour de Parlement à Paris.

Du-Sin qui vous a envoié des fruicts, est venu expres vous porter l'arbre.

 ON-SEIGNEVR,

LA sentence irrevocable, & precipice commun, sentant desja l'aiguillon de la mort, me fit trouver deux jours de rafraischissement, lors que ce funeste jour de sang se commit à Paris, & eschappai d'une façon admirable ce grand & horrible danger; & par vostre moyen fus garenti. Dieu m'a conduit; vous m'avez conservé. Ma vie est vostre, elle est de vous : c'est à vous à qui je l'offre: Car il n'y a aucun prix, autre re-

A iij

cognoiſſance qui ſe puiſſe donner
de la vie, que la vie meſme: La vie
ſeule en eſt la rançon. Ie vous ſupplie donc, Mon-Seigneur, la recevoir comme voſtre, & prendre ces
fruicts. Ce commencement que je
vous en envoye, eſt arrhe de vous
voüer à l'advenir tout ce qu'elle
produira. Ie prie Dieu,

Mon-Seigneur, vous donner heureux jours, & longueurs d'années,
& vous garde de la main de vos
ennemis.

*A vous ſeul obligé, bien-
humble, bien-obeiſſant,
& fidelle ſerviteur*
IEAN DV-SIN

MON-SEIGNEVR,

LES raisons & la juste occasion
que j'ay eu de me presenter apres
un si long temps; c'est qu'il n'y
a bien auquel l'homme soit tant
obligé, n'y duquel il se doive plus
souvenir, que d'avoir receu la vie
qui desja estoit comme perduë.
Ce fut au jour que les hommes
impenitens avoient pensé d'oster
la justice & misericorde du monde pour en faire un Enfer; que moi
jeune pour lors, qui demeurois
chez honneste personne, maistre
Pierre Cutte, & ay servi Mon-Seigneur vostre pere de loüable memoire, & vous tres-vertueux, de
l'administration de mon estat; par
une secrette providence fus mené
en vostre maison, & trouvay gra-

ce és benignitez de voſtre humanité à me recevoir. Ie ſçay que
voſtre grandeur & premier rang,
exemple de toute vertu , vertu
incomparable, laquelle s'eſt acquis un threſor de contentement
& richeſſes , ne veut qu'on luy
donne, ny qu'on luy preſente:
Mais je ſuis tellement lié en cette
& ſi eſtroitte obligation , poſſe-
dant ce qui n'eſt mien, mais voſtre
à cauſe de ce bien faict , qu'il eſt
impoſſible de m'affranchir. Et ſi
mon eſprit produit quelque choſe, & oſe vous rendre en toute
humilité & reverence tous ſes
fruicts & devoirs ; ce n'eſt don,
mais viſitation ; ce n'eſt preſent,
mais remerciement. Si j'ay failli,
je croi que voſtre bonté, honneur,
& merite ; qui n'eſt que ſageſſe,

bonne renommée, & gloire, me pardonnera s'il luy plaist.

MON-SEIGNEVR,

NON muet de volonté, mais de parole ; non retenu de puissance, mais d'occasion : Et quand mesmes j'aurois commis la faute d'oubli, j'essaie de n'encourir blasme. Confiance sur laquelle j'ay derechef fondé ma resolution. Il y a quelque temps que je vous ay fait une visitation avec loüange, accompagnée d'une partie de mes Occupations, & en ay receu un refus sans reproche. Mais il advient souvent, qu'un remerciement mal fait par la personne qui le porte, ne trouve tel succez qu'espere celuy qui l'envoye : Car la grace est

en la main d'iceluy, pour le faire
trouver bon. Ie ne dois eſtre accuſé en aucune façon, veu le de-
poſt de grand prix que je vous
garde: Car pour le deſſein, il ne me
le falloit rompre pour ne tirer a-
pres ſoy de conſequence: Bien eſt
vray que la plus part des hommes
ſont honorez pour leurs rang,
charges, & richeſſes. Et comme
ces dons ne peuvent eſtre en tous,
on ne doit pourtant meſpriſer les
graces de l'eſprit. Permettez dõc,
Mon-Seigneur, je vous ſupplie,
que je vous en envoye le reſte, ſelon la promeſſe que je vous en ay
fait; attendu que je la puis accom-
plir. Vous y verrez autant de fermeté & force d'eſprit, qu'en autre
qui ſoit ſedentaire en ſes eſtudes.
L'homme a ſes ſuggeſtions parti-

culieres, fans eftre fubject à l'arti-
fice : fource, d'où mes principales
recerches font forties, & conti-
nueront, Dieu aydant. La preface
que vous verrez vous fera juger
qu'il me faut eftre muni de verité
& de raifon, defquelles je fais force en mon entreprife.

Mon-Seigneur, que plufieurs
fiecles accompagnent en triom-
phe voftre memoire; moy, follicité
par voftre idée, continueray de
prier Dieu fans ceffe, vous eftant
du tout inutile finon en cela.
Commandez

A voftre obligé, bien-hum-
ble, bien-obeiffant & qui
vit pour vous fervir.
I. D. S.

LETTRES.

MON-SEIGNEVR,

SI ma parole ne vous est ennuieu-
se, & que par mes propos je ne
vous soye importun; quoi que les
hommes faillent, voire le plus
souvēt à eux-mesmes : neantmoins
j'espere de me comporter avec
tant de modestie & humilité, que
l'un me fera des amis, & l'autre me
les entretiendra. Estant donc vostre domestique, m'ayant conservé, je ne laisse de vous escrire, non
pour me monstrer; mais pour me
souvenir de voltre benignité, &
hospitalité, le jour de la calamité
publique; & vous tesmoigner que
ce bien-faict ne doit jamais mourir, tant que moy, qui l'ay receu,
vivray; & le Soleil le manifestera,
encores que ma petitesse l'aye

fait oublier. L'on vous a dit que
j'eſtoye ſans lettres ; mais non pas
ſans eſtude. L'homme eſt doüé de
parole, non pour eſtre cognu d'entre les beſtes, veu qu'il porte d'autres marques qui le diſcernent:
mais pluſtoſt pour cercher la verité, parler à elle, & la publier: outre que ſon eſtude eſt à s'exercer
en objects des choſes creées, meſ-
ſageres de ſes apprehenſions ; qui
ſont deux principaux points pour
ſon inſtruction. De là viết la communication qu'on a les uns aux
autres. Ceux qui s'arreſtent ſur le
proverbe commun, Qu'il ne ſe
fait, ne dit rien, qui n'aye eſté dit
& fait, s'arreſtent ſur une maxime
qu'on ne peut aſſeurer ; d'autant
que ce qui eſt paſſé, ne revient, &
on ne le void plus. Mais je tiens

pour certain que les siecles durent
& continuent pour sçavoir ce qui
n'a esté sçeu, & cognoistre ce qui
n'a esté veu. Le bruit,& tant de li-
livres, porteurs d'opinions, ont
troublé le monde d'un grand e-
stonnemene: tellement que ce pe-
nible labeur (sans profit) a destruit
l'accord mutuel qui estoit entre
les ordres, & ne se void presque
plus. Au lieu de parole on n'oit
qu'un Echo : au lieu d'estudes, on
ne void qu'opinions. Revenons
sans faire plus tarder, puis que la
verité va devant,& que les objects
créez la suivent ; arrestons nous à
ces choses : Alors on verra guerir
ce qui est malade, & revivre ce qui
semble estre mort. Le bon visage
que mes amis m'ont dit avoir eu
de vous, Mon-Seigneur, me don-

ne plus d'asseurance qu'aurez pour
agreable ce que je vous envoye-
ray.

Mon-Seigneur,

A vous seul obligé, bien-
humble, bien-obeissant,
& fidelle serviteur, qui
vit pour vous servir,
sers pour avoir hon-
neur.

I. D. S.

MON-SEIGNEVR,

QVAND je commençay à baſtir
mon deſſein , & avoir l'œil ſur voſtre noble & reſpectable perſon-
ne ; ma premiere conſideration ce
fut, qu'il me falloit garder de blaſ-
me & de honte : & croi n'avoir of-
fenſé ny en l'un ny en l'autre. Et
combien que mon remerciement
continué, n'equipole le bien que
j'ay receu , non comme un don,
mais comme un gage; ma volonté
vous ſeraobligation ſeure, ma promeſſe autant de baiſe-mains &
hommages; & ne ſeray jamais que
voſtre redevable, & continueray
tous les jours de ma vie à vous honorer, ne vous ayant rien repre-
ſenté qui ne ſoit veritable. Il eſt
certain que je vous ſuis tout nouveau,

veau, & par mon escrit, & par
mes lettres; & toutesfois la science est par tout, quoy que son exer-
cice soit plustost en pluralité de
mots, qu'en ordre de paroles. I'ay
donc commencé par la science, &
non par les mots; par le temps, &
non par l'occasion; estant plus
seur l'un que l'autre, & vous sup-
plie le trouver bon. Les crean-
ciers content, & ne perdent pas
un jour: mais je vous dis qu'il me
fut promis hier, & l'ay receu au-
jourd'huy; tant je suis memoratif
de ce jour là.

B

LETTRES.

MON-SEIGNEVR,

DIEV, autheur de tout bien, a
donné des vertus aux choses, & le
temps à l'homme pour les recer-
cher, & les dons pour les cognoistre: C'est la seule raison qui a ar-
resté mes sens, & semons mon
esprit pour y parvenir. Ie ne sçau-
rois! Il est impossible! Ie ne le
puis taire! Le bon œuvre que
vous avez fait; & duquel vous
estes loüé: Et me dis bien-heureux
de pouvoir employer la loüange à
vostre dignité. A quelle dignité
plus digne, & à qui me pouvois-je
mieux addresser, pour luy faire
voir dequoi mon esprit s'entre-
tient, & vous en communiquer les
premiers fruicts? fruicts rares;
fruicts agreables; & de bon goust;

mets qui eſtans bien ſavourez,
donnent delectation. Ce que je
vous viſite, ce n'eſt point pour
vous eſtre en charge : Car mon
contentement ne ſera jamais en-
nuieux, pour demander choſe que
ce ſoit : tant je ſens ma mediocrité
accompagnée de bon heur. La
verité m'accompagne, & deteſte
le peché des devins, & oncques
ne fis honte à ma vie. Que ſi je n'ai
ſuivi un propos continué, n'ayant
ſervi mes impulſions comme elles
ſe preſentent; autres occupations,
& grans empeſchemens m'en deſ-
tournent. I'ai cet advantage, que
mon aage, & labeur ſtudieux m'ont
acquis les manieres de parler non
uſitees, & toutesfois tres-propres.
Ie n'ay pas deſdaigné, Mon-Seigneur, de parler aux entendus, &

LETTRES.

de faire cognoiſſance auec les do-
ctes, & me ſuis aſſis parmi les ſça-
vans : & puis dire veritablement,
qu'ils ont plus de lecture, que de
certitude. Pluſieurs ſe treuvent,
voire la plus-part, que tout ce
qu'ils produiſent, le prenent der-
riere eux, ou de l'autrui, & cela
s'appelle à vrai dire lecher l'Ours.
Voici la ſixieſme, ſi mes amis ne
m'ont failli; & me crains que la troi-
ſieſme ne vous a eſté rendue. Ie ne
vous dis le grand adieu, parce que
ne me veux celer d'aucune choſe
qui vous puiſſe apporter du contentement.
Monſeigneur,

A vous ſeul obligé, bien-hum-
ble, bien-obeiſſant, & affe-
ctionné à vous honorer & ſer-
vir. I. D. S.

MON-SEIGNEVR,

DES choſes non ſceuës, non co-
gneues, non eſperées ; quand elles
nous adviennent, nous les recevôs
d'un coſté avec eſtonnement, & de
l'autre avec admiration. Que ſi
nous n'eſtions relevez de la part
de celui qui les envoie, nous pour-
rions donner un jugement, ou
avoir une opinion du tout con-
traire à l'intention d'iceluy. Quãt
à l'eſtonnement il ne fut que d'un
clin d'œil : pour l'admiration, elle
vous continue, & continuera tant
que je vivray. Ie ne crains donc
ſans vous offenſer, de vous faire
voir ce labeur elabouré, & artiſte-
ment fait, n'eſtant accompagné
que de ſa nature : & vous puis dire
que telle cognoiſſance eſt plus di-

B iij

gne de vous, que je ne ſuis capable
de la recerche, & avoir produit
ces choſes. On peut dire de mes
eſtudes, qu'elles ſont courtes , ou
ne ſont de grand volume : C'eſt
pour relever les lecteurs de longues veilles ; mais non pas de
grandes recerches. Voyez ſi ce
ſont raiſons ſans ſens ; examinez
ſi ce ſont tons ſans accords ; paroles ſans poids ; idées, ſans images.
Le jugement dira, Voici un amas
de pluſieurs propos rompus , qui
reſſentent ſa Theologie, Philoſo-
phie , & Medecine. I'en ſuis auſſi
Theologien pour mon ſalut ; Phi-
loſophe pour mon contentement ;
& Medecin, pour ma ſanté. Vos
ſeuls yeux ont mené mon eſprit
à la cognoiſſance d'icelles , afin
qu'en ayez le premier contente-

ment. O merveille! ô aftre, qui de
fes vertus remplit tout l'univers! ô
homme droit! vous me gouftez,
& ne croy pas perdre ma peine: car
un viendra qui la recueillera. Vous
eftimez que je fois en Sodome;
mais je vis comme Loth. Vous
eftes heureux, de fçavoir qu'un
homme vit qui magnifie voftre
gloire. Il ne fera hors de propos
que je vous die, que les trois Mef-
fieurs de Sanci, Nicolas, Achilles,
& Henri, portans voftre nom, ont
efté en cefte ville; & prenant cognoiffance d'eux, je les ay cheris
d'amour, logez d'amitié, & fervis
de devoirs: C'eft que je fçai qu'ils
ne m'oublieront jamais, non plus
que je vous ay oublié: & tout ce
que j'en ai fait, n'a efté que pour ne
vivre ingrat, & mourir obligé.

Mon-Seigneur,

A vous bien-obligé, bien-
humble, bien-obeiſſant,
& fidelle ſerviteur,

I. D. S.

MON-SEIGNEVR,

L'OVVRIER qui manifeſte quelque ouvrage fait de ſa main, & que
ſon eſprit a produit ; ce luy eſt un
grand contentement qu'en voir la
fin. Pareillement, tout labeur par
eſcrit, qui eſt un don d'exprimer
par proprieté de paroles, & que
l'intelligence ſoit facile, le vray
ſens, qui eſt la perfection. Eſtant
donc parvenu là, ſelon les dons &
graces que l'Eternel m'a donnees,

& comme premiers premices je
les vous ay offerts ; desquels l'o-
deur s'eslevera, quand sous vostre
faveur, un iour apres que j'auray
disposé l'ordre, que traittant telles
& si graves matieres, tant dignes
par vostre dignité, le public en reçoive l'utilité ; & vous,

Mon-Seigneur, honneur & loüange.

Attendant, prieray le Seigneur Iesus,
qui a le secret de santé & longue vie,
le vous communiquer pour le servir &
honorer, Amen.

A vous seul obligé, bien-
humble, tres obeissant,
& fidelle serviteur,

I D. S.

L'Homme n'est pas plus esloigné du ciel, pour ne s'en pouvoir approcher ; qu'il est esloigné de la cognoissance de soi-mesme : tant l'un & l'autre sont hors de nostre sens. Quel soin ? quelle recerche ? quel jugement ? quelle estime ? De lire sans cognoissance, & estudier sans experience. Le temps & l'estude sont choses conjointes ; & tout rapport en est separé. La creation du monde est particuliere & terrestre ; laquelle se divise en deux parties : L'operation generale, avec la production du temperament, ou continuation : l'autre les animaux, qui sont un nombre sans nombre, un prix sans prix ; & ont leur usage ici bas par tout, chascun selon son espece. Chose plus admirable qu'admirée ; tant

pour la varieté des efpeces, que
pour la diſſemblance d'iceux. D'en
particulariſer les divers mouve-
mens, ce ne ſeroit jamais fait; pour
y en avoir de cachez, plus qu'il ne
s'en manifeſte; tant ſes magazins
font bien munis. La cognoiſſance
que nous devons avoir de nous-
meſmes, c'eſt de ſçavoir à qui nous
fommes redevables; ce que nous
devons, & à quoy nous fommes
appellez : & non pas ſi nous fommes de miel, ſucre, eau, ou terre.
Car cette recerche eſt peu utile;
& devons croire, que continuant
en ces choſes, nous fommes plus
eſloignez de noſtre cognoiſſance,
que du ciel: & combien que nous
ayons l'uſage du ſervice & du merite; toutesfois noſtre dignité eſt
ſans comparaiſon plus digne. Ani-

mal à cause du commun, & non à cause de l'ame; au demourant, cet usage n'est pas pour un temps. Les choses inferieures, toutes cômunes, visibles, & sensibles; leur matieres, & racines qui n'est que terre continuation d'espece, & conservation de semence. Nostre origine, nostre eslevation monte sans cesse. Sera-il retenu pour estre commun en biens, & avoir une mesme demeure? La prerogative, l'authorité le rendra-elle semblable à toutes ces choses? Quãd nous n'aurions rien pour nous; que ceste consideration demeure ferme; Que leurs ordres sont sans science,& nos regles avec intelligence : voila en quoi nous sommes differents. Et d'autant qu'en quelque part que nous soyons ; & de quelque costé

que nous nous tournions, nous
trouvõs ce service en abondance;
joüiſſons du merite avec plaiſir.
Que nous paſſions plus outre: que
ceſte abondance ne nous gaſte, &
la beauté ne nous esbloüiſſe; nous
voyant avec un corps naturel, ba-
ſti des parties neceſſaires; ayant neceſſité du bien appreſté. Toutes ces
choſes ne ſont que recognoiſſan-
ce, & loüange, attendant noſtre re-
nouvellement celeſte, fait de toutes les parties propres à un corps
glorifié: Alors noſtre neceſſité ſera
convertie en contentement, & le
beſoin en paix.

LETTRES.

MON-SEIGNEVR,

MA volonté n'a jamais desiré de colliger les cognoissances d'autruy ne mesmes me servir de leur recerche ; d'autant que les objects en l'homme tirent les intentions: De là vient la ratiocination, de laquelle naist la raison, preuve de la verité. Les objects sont infinis; les intentions, en nombre ; la ratiocination, par temps; la raison, seule; & la verité, une: & n'y a entreprise tant difficile, secret si caché, cognoissance tant haute, que la raison n'attrappe. D'ailleurs l'operation produit toutes especes ; & la mesme operation les change : mais la raison & la verité ne peuvent estre changees. Ie vous presente, non un theatre, ou toutes les villes,

campagnes,& mers font reprefen-
tees;non l'ordre reglé du ciel,avec
fon ornement;non des faifons, ou
viciffitude:mais feulement une Py-
ramide raccourcie; l'homme avec
fon ame, dons, & operations ; qui
eft la fcience de la raifon , & verité
de fon effence. Eftans donc ces
chofes d'elles mefmes recomman-
dables ; & que tout ce que j'ai dit,
bien examiné,fe trouvera tres-ve-
ritable ; ayant atteint ce qui eft
plus efloigné, les fecrets plus cachez, les cognoiffances plus hau-
tes,le tout par la raifon; quoy que
les heures m'ont efté difficiles à
trouver. Mes amis m'ont prié, &
me le confeillent, ne laiffer dor-
mir , & fans leur donner jour, les
occupations de mon efprit, culti-
vées avec tant de labeur. Qui fe-

roît une detétion du tout injuste,
consideré l'honneur & faveur que
je receu de vous dernierement que
je fus à Paris ; voyage fait expres:
Lors je vous vis comme un esclair,
& vous me vistes comme passant.
Cette obligation, dont je demeure à jamais vostre redevable, fut
passee au temps & au mesme jour
que les hommes faisoient justice à
la verité. Ie fay ce que je sçay, & dis
ce que j'entens, & ne suis point
sçavant, mais cognois verité.

Mon-Seigneur, les anciens serviteurs
& fidelles en une maison, n'y font pas
moins d'honneur que les amis.

A vous seul obligé, bien-
humble, bien obeissant,
& fidelle serviteur.

I.   D   S.

Briefves Occupations,
De l'homme, à l'homme,
& pour l'homme :
Des choses naturelles
& particulieres.

La Raison pour estre fortifiée, n'a
besoin de l'Exemple, ni de la Consideration ; pource qu'elle est par
dessus l'un et l'autre.

C

ON-SEIGNEUR,

LE but principal de ceux qui escrivent, est de s'instruire; afin qu'à
leur exemple, les autres appren-
nent: & ne doit-on regarder à l'a-
gencement des paroles, pour ne suivre le vulgaire; ni fortifier son di-
scours par les considerations &
exemples de ceux qui de longue
main sont adonnez aux redites, &
qui prennent en la bouche d'autrui
leur stile. Mais suivans en ceci
nostre naturel; qui est de rapporter
nos speculations, & ce que l'esprit

C ij

nous dicte, à ce à quoy la raison
seule nous guide. Voila comment
en toutes nos Occupations , nous
usons de briefves maximes. Cependant, vous ayant trouvé avec tant
d'humanité en mon endroit, & re-
cognu tant de louables vertus en
vous ; j'ay pensé de vous donner
mon petit labeur, & le commettre
entre vos mains.

A vous seul obligé, qui
vis pour vous servir,
IEAN DV-SIN.

Eloquor intellecta mihi , & mihi
cognita præsto.

 E S choſes les plus recommã-dables, ſont cel-les qui appro-chent le plus de la Vertu : La Vertu donc eſt ſeule en l'homme, qui le rend ho-norable par deſſus tout. Chacun dit travailler apres elle : mais la lon-gue experiẽce me fait croire qu'el-le n'a jamais eſté cognue, & que ſi elle l'a eſté de quelcun, il l'a rejet-tee par ſa propre faute. Car qu'elle convenance y a-il entre l'honneſte & le deshonneſte, le net & le ſouil-lé, l'utile & le dommageable ? Et ne

C iij

voyons nous pas les sages de ce
monde se gouverner par pruden-
ce , & le vulgaire par exemples?
Ceste cognoissance de Vertu ne
peut estre donnee à l'homme , s'il
ne se cognoist soy-mesme : & est
tres-difficile qu'õ puisse avoir telle
vertu.Plusieurs se sont fait accroi-
re qu'ils estoyent vertueux, & ont
voulu estre reputez tels; & en sont
venus jusques là, d'en avoir fait des
preceptes : & cependant leur vie
monstre le contraire.Certes,la vie
doit estre bonne,premier qu'y parvenir : tellement que bien peu se
peuvent dire vertueux,ou faire pa-
roistre la vertu. Ceste tant espaisse
nuee , qui leur a couvert la veuë,
n'a jamais peu estre ostee. Le de-
faut vient pour s'estre trop arre-
stez à l'antiquité,& avoir tenu l'o-

pinion de ceux qui font la guerre
aux enterrez, & ne regardent que
lire, pour reigle certaine. Car tous
parlans de l'homme, n'ont consideré que la matiere, operations &
complexions, & l'ont pource ap-
pellé animal. Mais nous y appor-
tons une distinction, disans que
l'homme creé n'est point animal, &
que l'homme creé estant conjoint
avec l'homme naturel, l'homme naturel n'est point animal, mais tient
d'animal. Estans joints, ils commu-
niquent, cognoissent, evoquent &
voyent les operations des bons &
mauvais esprits : estans separez,
l'homme naturel est animal, qui
n'a que ses operations; mais l'homme creé à ses proprietez. L'instrument commun de l'homme naturel, c'est la langue : l'instrument

commun de l'homme creé, c'eſt la parole. L'homme naturel à ſes ſens communs exterieurs; l'ouïr, le voir, le flaire, le gouſter, le taſter ; que nous appellons eſtoiles errantes: l'homme creé à ſes ſens interieurs; le rapporter, le juger, le diſcerner, l'aſſeurer , & ce qui tire l'homme d'erreur, que nous appellons eſtoiles fixes. Noſtre intention n'eſt de reprouver ce qui eſt d'animal en l'homme naturel; mais de monſtrer ce qui eſt en l'homme creé qui eſt, que le rapport eſt à l'eſprit; le jugement, à la verité; le diſcerner, à l'intelligence; l'aſſeurer , à la volonté; & ce qui tire l'homme d'erreur , à la raiſon. Ce ſont des vertus incorruptibles, & immortelles; tellemēt unies & conjointes, qu'elles ſont inſeparables en l'homme creé. Mais

jufques à ce que tu ayes changé
ton efcorce en corps, il t'eft im-
poffible de les apprehender. Cercher la Philofophie, c'eft philofo-
pher: mais fuivre la Philofophie,
c'eft errer. Ces lunettes font pour
les aveugles;& les clairs voyans y
profiteront. Quelque mauvais
Theologien, & ignorant Philofo-
phe trouvera ces chofes eftranges,
pource que perfonne ne s'en eft
fervi:côbien qu'elles foient vraies,
en les appliquant aux ufages propres pour lefquels l'Eternel les a
donnees. C'eft donc à ceci qu'il
faut penfer: & au lieu que par le
paffé on a commencé par les pieds
prenons la tefte. En le bien exami-
nant, il fera facile de trouver cefte
cognoiffance de foi-mefme,& parvenir à la Vertu. Pour vivre bien-

heureux, ne nous arreſtons aux magazins du monde; mais à ceſte mi-
niere, qui ne ſe peut épuiſer; eſtans
certains de la renaiſſance & im-
mortalité du corps, pour apres ceſte vie eſtre unis inſeparablement.

OR EN ce diſcours de l'homme,
nous ne nous propoſons pas de
mettre en avant toutes les opinions de ceux qui s'y ſont eſga-
rez; mais la raiſon: Car c'eſt la voye
qui nous conduit à la verité : c'eſt
elle qui eſt pierre de touche certaine des choſes creées, ſimples, &
compoſees.

L'ETERNEL fait l'immortel,
& le corporel le mortel. Par ceci
l'infini ſe cognoiſt, & le fini ſe void.
Pour avoir droitte cognoiſſance
de la creation de l'homme, ſça-
chons que l'Eternel ſeul de pleine

puiffance en eft l'autheur : & ne
nous imaginons qu'elle provienne
de generation;veu fa mixtion fim-
ple, fes facultez fans difcord, fes
proprietez fans changement. En
cet eftat premier, l'homme eftoit
immortel; & non eternel: il eftoit
corporel,& non mortel ; il parloit
le langage de l'Eternel, & obeïf-
foit à fa parole, qui font les viandes & breuvages defquels il fe
nourriffoit. Car l'arbre de vie, l'E-
ternel, (la bonté duquel s'eflargif-
foit en tout ce qu'il avoit befoin)
raffafiement, lumiere, & paix,
eftoient fes accords & contentement : & l'arbre de fcience de bien
& de mal eft la parole de l'Eternel.
Ce font les fruicts qui vivifient
ceux qui y obeïffent,& tuent ceux
qui les mefprifent.Cette creation

tant admirable eſt tellement cor-
porelle, qu'elle eſt immortelle: car
l'homme n'a ſçeu quand il a eſté
creé ; & l'eſtat ſien eſtoit tel, que le
rapport eſtoit à l'eſprit ; le jugement à la verité ; le diſcerner, à
l'intelligence; l'aſſeurer, à la volonté; & ce qui tire l'homme d'erreur,
à la raiſon; qui le rendoient capable de l'œuvre incomparable de ce
monde, laquelle l'Eternel fit pour
le loger ; teſmoignage de ſon im-
mortalité & conſervation. Mais
nous avons eſté jettez à l'aban-
don, pour avoir outrepaſſé le com-
mandement de l'Eternel, & n'avoir
creu à ſa parole. Et pour nous re-
dimer de cet exil, & r'entrer dans
le Paradis, duquel nous ſommes
fortis, que la crainte du Cherubin,
ny de ſon glaive ne nous en de-

ſtourne: car il n'y a point de crainte, où il y a eſperance de guériſon.

Novs vóyons donc quelle perte
ce nous a eſté, & combien dure à
ſupporter, de ne prendre lē conſeil
de l'Eternel, & n'obeïr à ſa parole.
Quelle miſere en cette cheute; ſe
trouver nud, & eſtte honteux de
ſoi-meſme? Nous, di je, qui eſtions
en peine, ſans peine, en bien ſans
bien, en honneur ſans honneur, en
danger ſans danger, en vie ſans vie,
& voici noſtre mixtion corrom-
pue, nos facultez alterees, nos
proprietez inutiles ; chargez
d'un peſant fardeau, d'un ciel,
d'un jour, d'une nuiɔt, de monta-
gnes, montagnettes, & coſtaux,
mers, rivieres, champs, plaines, mi-
nes, & pierrieres, hautes-bois, bois-
taillis, & deſerts : bref, portans à

proportion des chofes inanimées,
autant que le monde elementaire
en contient : lequel monde nous
eftoit donné pour n'en bouger , &
maintenant pour y loger. Nos
principes font;Nature amaffe,me-
liore,diftribue , & parfait ; qui eft
fon commencement, fon croiftre,
fon advancement,& fa perfection.
Au lieu du rapport, nous n'avons
que l'oreille;du jugement,l'œil;du
difcerner,le flairer; de l'affeurer le
goufter ; & de ce qui tire l'homme
d'erreur, le tafter. Nos maximes,
feintifes, deffeins, confeils,entre-
prifes, furprifes , & refolutions.
Nous fommes de complexion me-
lancholique & cholerique, extre-
mes en l'un & en l'autre; d'où
naiffent les maladies hereditaires
& acquifes; qui degenerent en fo-

lie & en lepre ; & qui nous con-
traignent de vivre de regime, &
faire election de lieux, viandes, e-
xercices, & repos : de forte que la
santé no° eſt travail; & la maladie,
peine. Et toutes ces choſes bien
conſiderées, ſont autant de loix
qu'il nous faut obſerver : & qui
plus eſt, nous ſommes marquez de
marques certaines de mauvais
eſprit, & bonne volonté ; & de
bon eſprit, & mauvaiſe volonté;
ayans un but, un but eſgaré, deux
figures confuſes ſans but, l'une dé-
pilée, & l'autre remplie, dont les
intentions ſont perilleuſes. Da-
vantage, nous ſommes aſſaillis du
ſerpent, menacez de l'enfer, por-
tons le peché, noſtre chair, & ſommes en crainte perpetuelle de la
mort. Tout ceci eſt plein de de-

ſtreſſes & ſupplices, & amertu-
mes, qui nous font dire par deſeſpoir, mal-heureux; veu les longues
années, vies d'hommes, Royau-
mes, Monarchies, & aneantiſſe-
mens qui ſe ſont paſſez depuis la
perte de la parfaitte cognoiſſance
des choſes.

RECOGNOISSONS donc, que
noſtre excellence ſurpaſſe tout en
ceci, aſſavoir que l'homme a double communication, double cognoiſſance, double evocatiõ, double operation. La communication
precede la cognoiſſance; l'evoca-
tion, l'operation. L'une eſt des choſes qu'il ſent; l'autre de celles qu'il
void, l'une eſt generale; l'autre particuliere, l'une eſt utile; l'autre dõmageable : l'une eſt vraye, l'autre
fauſſe, l'une eſt bonne; l'autre mauvaiſe:

vaiſe:l'une eſt lumiere, l'autre tene-
bres:l'une rend ſage, l'autre fol. l'une
appelle, l'autre chaſſe:l'une trouve,
l'autre cerche:l'une rend fort, l'autre foible:l'une rend ſerf, l'autre li-
bre:l'une ſauve, l'autre perd : l'une
tire hors du monde , l'autre y re-
tient:l'une eſt celeſte, l'autre terre-
ſtre. Et par ſemblables choſes tout
ce qui eſt au monde demonſtratif
ſe peut enchainer l'un dans l'autre.

V o i l a ton eſtat, ô homme.
Mais pour retourner à toi, ſois aſſi-
du en prieres & meditations vers
l'Eternel , la crainte de l'Eternel
c'eſt craindre de mal faire, cheminer devant Dieu c'eſt cheminer en
lumiere, & ne convoite les choſes
de ce monde, pour ne tomber és
liens du Malin, deſquels, ſans ces

D

aides, à peine eschapperas-tu. Vivons d'esprit, de verité, d'intelligence, de volonté, & par raison: Et alors nous serons garantis du mauvais desir de n'obeïr à l'Eternel, d'ignorance qui nous fait suivre le mensonge, & quitter la verité; d'estre surmontez de nostre chair, & de ne s'enfuir, de peur de la mort, puis que le fruict de ceste vie est la mort. Croyons à la verité, & nous conduisons par raison. Car en fin, d'icelle despend toute la cognoissance & bonté des hommes: & ainsi nous retournerons à nostre premier estat, qui nous est presenté par l'Eternel. Allons derechef à ce bon heur, puis qu'il n'y a point de comparaison de nostre premiere creation à la seconde: car l'homme creé fut sçavant dés qu'il fut fait; &

l'homme naturel a peine d'appren-
dre, & tout lui est affliction.

On travaille ma loyauté, & si ne recognoist-on mon travail.

C OMME les es-
crits qui n'ac-
cordent au ju-
gemét de ceux
qui escrivent,
ne prennêtleur
authorité des
livres, & ne sont receus du consentement d'un chacun; sont estimez
recerches curieuses , jusques à ce
qu'on les aye examinez : aussi sçai-
je qu'il n'y a rien à quoi on contredise tant , qu'à la verité. Et prie

D ij

ceux qui sont amateurs d'icelle, de
juger sans passion ; reprendre sans
envie : car on ne peut faillir qu'en
s'opposant à la verité ; laquelle,
quoi qu'elle remplisse le monde,
neantmoins elle trouve fort peu
de place entre les hommes. Ce ne
sera donc de merveilles qu'on me
contredise ; veu que pour le jugement , j'ameine la cognoissance ;
pour l'authorité, la raison ; & pour
le consentement, l'experience. De
ces choses l'homme , & le monde
en sont les livres, l'homme, science
de Dieu, semence de vie , la proye
de mort , & le monde, cognoissance de l'homme. Ie ne me veux arre-
ster sur aucune consideration de
ce qu'on dira pour rompre mon
dessein : comme aussi ie ne m'en
suis proposé aucune loüange ; ne
voulant enseigner personne, mais

feulement faire cognoiſtre juſques
où l'eſprit de l'homme peut atteindre, & à quoi il ſe doit plus arreſter:
pareillemét l'erreur groſſier qu'on
commet, de compoſer l'homme de
quatre elemens ; veu que c'eſt u-
nion, & non compoſition. Qu'on
die tant qu'on voudra, que c'eſt u-
ne haute entrepriſe ; & de vrai ce
ſont choſes non plus cognuës, que
ouïes, touteſfois quoi que je m'ex-
poſe à tous ; je me ſoubsmets ſeule-
mét en l'arreſt des mieux entédus.

PREMIER qu'entamer le propos,
je diray que c'eſt que verité, & raiſon ; marques & appuis de tous eſcrits. Verité eſt ce que Dieu a dit,
prononcé & enſeigné : Raiſon eſt
aſſeurer par demonſtration certaine, la verité. Et d'autant que l'homme ne peut appercevoir ceſte veri-

té, Dieu lui a donné la raiſon comme un guide pour y parvenir. Tout
ce qui eſt dit ſans verité, aſſeuré
ſans raiſon, eſt pure ignorance, flat-
terie, & vain babil, qui vieilliſſent
l'eſprit de ceux qui leur preſtent
l'oreille, & perte de temps. Par ainſi, aucuns eſcrits, de qui qu'ils ſo-
yent, ne peuvent eſtre tenus pour
vrais, ni meſme receus, s'ils n'ont
ces marques de verité & raiſon. On
verra que j'ai ſuivi cet ordre en
mon entrepriſe, afin que la loüange
en ſoit rapportee à la gloire ; ſça-
chant que ſi nous mourons côme
nous naiſſons, nous retournerôs en
poudre, ſans voir la gloire de Dieu.

Tovt ainſi qu'il n'i a rien de plus
aſſeuré que la providence, auſſi n'y
a-il rien de plus incertain que la
fortune : Et afin de diſcerner les

deux, l'homme sera muni de pre-
voyãce. La prevoyance n'est autre
chose qu'un projet de ce qu'il faut
faire, & une observation & recueil
de ce qu'on void. La providence
conduit l'homme, mais la fortune
le precipite, & la prevoyance luy
donne contentement. L'homme
qui fera son estude en ces choses,
non seulement pour les sçavoir,
mais les pratiquer, menera vie pai-
sible. C'est ici un pourtrait auquel
l'homme doit regarder. Arriere
toutes apparences; puis qu'il n'y a
stabilité qu'en la providence, ny
contentemét qu'en la prevoiance.
Les ans de mon bannissemét sont
longs, & passe mes jours avec grãd
travail, & suis dans le terme de mon
rappel: & recognois de l'hõme, que
son souci ne cerche qu'à vivre, & à

se loger; & que l'homme vit pour manger, & se loge pour demeurer.

La Philosophie est une cognoissance, laquelle enseigne & nous apprend à cognoistre tout, & à discerner toutes choses. Le commencement monstre l'essence premiere : l'autre, l'essence tiree : le troisiesme, le subject monstrant l'effect de l'operatiõ, & produisant le temperament, qui est union, & non composition. La contrarieté vient de l'ordre, & non du discord.

Nous disons qu'il n'y a rien si difficile à trouver, qui par les similitudes & correlations, qui sont le rapport & cõfirmation, ne se puisse trouver. Le flux & reflux tous les jours tãt incognu. Le Soleil qui ne se couche jamais, qui par sa force violente meut tout ce qu'il regit, purifiant l'air,& preſſant les exhalations, dõne ce mouvement:d'où vient que la mer ſe nettoye, & ne ſe groſſit pas;mais s'enfle ſeulemẽt. De là nous concluons que c'eſt le Soleil qui fait ce flux & reflux, qui eſt un accord continuant.

Eᴀ vertu de laquelle nous avons parlé cy devant, & que nous entendons; ſera recognuë en l'homme qui la poſſedera, quand il ſera accompagné des proprietez qui ſuivent cy apres; ſçavoir eſt, bon beau, ſain, & paix. Bon qui aime verité; beau, qui ſe contente de mediocrité;ſain,ayant l'ame bonne; paix,aſſidu en ſa vocation,& la fait legitimement. Tels ſont les ornemens deſquels l'homme vertueux eſt reveſtu.

Qᴠᴇ toutes les chimeres que les

hommes ont honoré du nom de
vertu, soient à ce coup rejettées,
comme mocquerie ; foulées aux
pieds, comme indignes ; oubliées,
côme choses fabuleuses ; sans plus
adherer à la vanité & fausse opinion Payenne. Que la credulité
qui nous possede, & à laquelle par
tant d'annees nous sommes atta-
chez, commence à se separer ; sans
nous alambiquer pour sçavoir ce
que nous sommes, donnant à la
creature impuissante, la puissance
de nostre composition des elemés,
& la vie entretenue d'iceux.

Qvi est entré au cabinet de
l'Eternel ; ou, De qui tenez vous la
matiere du monde, pour l'asseurer
& en composer l'homme? En quel
anglet du monde se prend elle?
Quelle est la semence qui la pro-

duit? On sçait que de toutes viandes se fait semence ; mais de toute
semence ne se fait pas homme. O
que la fosse en est profonde!

BOIRE & manger ne donne pas
la vie : le pain & le vin n'est pas la
vie; mais plustost occuper l'espace,
& raffraischir les qualitez.

L'HOMME est logé dans les elemés; mais sa vie subsiste sans iceux.
Dieu nous fait vivre sans vie, &
nous donne une vie sans mort.

MAIS quoi? serons-nous tousjours comme nous sommes, & avec
un mesme esblouissement? perver-
tirons nous nostre esprit? l'occupe-
rons nous en pensees seulement?
nostre raison n'aura elle point de
lieu? serons nous astraints à autrui?
appellerons nous cognoissance, ce
qui n'est que fantasie? science, ce
qui n'est qu'opinion? parole, ce qui

n'est qu'un Echo? vie, ce qui n'est qu'ombre? Asseurerons nous le doute pour le vrai? dirons nous l'erreur, certitude? donnerons nous fermeté à ce qui n'en a pas? appuierons nous la verité sur l'antiquité? la verité qui est sans aage, tousiours presente? Et nostre esprit qui n'est qu'une cõtinuelle speculation des choses qu'il sent, & de celles qu'il void, demeurera il muet, accompagné de la raison, qui a son authorité par dessus tout? Le devons nous? mespriserõs nous la raison; elle qui est sans apparence, sans ambiguité, sans tergiversation? Elle ne trompe jamais; elle n'est point double; elle parle rondemẽt; despendõs d'elle.

TOVTES creatures sont exposees au jugement de l'homme pour les cognoistre; & toutesfois rien si difficile, ni tant esloigné de l'homme,

que la cognoiſſance & verité d'i-
celles.

Qv'on me die maintenant, ſi les
elemens ſont dans la matiere du
móde, ou s'ils ſont la matiere meſme ? De penſer qu'ils ſoient la matiere, ou de la matiere ; cela ne ſe
peut. Quelle eſt donc la matiere?
Choſe cachee, & non cognue. que
prenez vous pour choſe cachee, &
non cognue ? Le jour, la nuiƈt. Le
jour & la nuiƈt ne ſont point com-
poſez ; mais ils s'entreſuivent con-
tinuellement. D'où il s'enſuit, que
la matiere du monde contient les
elemens, & que les elemens n'en
ſont la matiere. Qu'eſt-ce que le
jour quãd il eſt paſſé? Rien. Qu'eſt-
ce que la nuit quand elle eſt paſſee?
Rien. Quoi donc? Choſe cachee &
non cognue. Donques rien caché
eſt la matiere du monde.

Le monde est créé de rien. Puis qu'il est créé de rien ; quelle generation, de rien ? quelle composition de rien ? Rien sans union ; union n'est sans sentiment ; composition, sans matiere ; matiere, sans mouvement ; où en tout on n'apperçoit qu'action distributive, & non composition communicative. Qu'on s'arreste : car des choses creées nul n'en sçait la durée ; mais on void la fin des choses composees.

Qve toute hautesse soit abbaissee, & toute cognoissance conduite par la raison, considere la durée de l'ornemét, l'ordre en l'estendue ; l'estat, une gneration. Qui peut admirer l'ornement ? atteindre à l'estendue ? penser la generation ? l'ornement, sans vieillir ; l'estédue, sans chager ; l'estat sans estre interrompu ; la joye des creatures en leur production.

LE S creatures fur lefquelles tu
as bafti l'homme , & juges de lui,
font munies dés le cōmencement
en elles mefmes , pour le temps &
duree,ordonnees au fervice de l'E-
ternel qui les a creées.

REPRENONS les proprietez de
l'homme,quidés long téps avoient
efté enfevelies.Produisōs lesfacul-
tez qui y refpondent,& nous tou-
cherons de pres , la matiere de laquelle nous sōmes faits.Quant à la
vie,c'eft une efséce tirée des vertus
cōmunicatives de Dieu.Quant à la
mort,mort meurt plutoft que l'hō-
me qu'elle affaut. Voila pourquoi
elle s'appelle mort, pource qu'elle
mefme fe tue, la joye de l'efprit eft
un bannir contre la mort.

PRENONS les chofes tout au plus
haut. Toute effence eft accompa-

gnee de quelque chose:ou, Toute
essence est tiree de quelque chose.
De dire ou penser que l'essence de
l'Eternel soit tiree de quelque chose ce seroit un blaspheme:Mais de
penser ou dire quelle est accompa-
gnee ; nous disons en elle mesme,
de premier de tous, de puissāce,de
gloire. Premier de tous apres soi,
avant toutes choses: puissance
tiree apres soy, garde asseuree sur
tout: Gloire tiree apres soi,loüāge
de toutes choses creées;desquelles
il a muni le monde, & cognu propres. Voila le repos de l'Eternel.
C'est d'ici qu'on croit l'eternité de
Dieu:C'est ici qu'on voit l'immor-
talité de l'ame.

La raison pour l'entreprise, l'hon-
neur pour la conversation.

A V

AV ROY.

Si voſtre Majeſté pardonne à ceux qui prient contre voſtre proſperité & ſanté ; combien plus excuſera-elle celui qui prie Dieu jour & nuict pour icelles?

L'heritage n'est rien, mais la gloire.

 I R E,

N v l i v s q v e s i c i n'a douté
& ne doute de voftre comporte-
ment & profeffion exterieure, qu'il
ne croye de vous ce que les effects
du paffé en ont monftré. Et d'autant qu'en ce changement foudain

E ij

il semble à plusieurs, jugeans seulement par vostre declaration, que
vous estes en crainte, ou que vous
desirez plustost le bien & avance-
ment de vos mal-veillans, que de
vos serviteurs, & amis : Cela de
prime face a troublé la tranquillité
de quelques-uns, veu les termes &
confirmations de vos paroles. Les
autres jugent que c'est la necessité
& les desordres qui sont en vostre
Estat. Le jugement de telles choses est suspendu jusques aux eve-
nemens ; & nul que le Souverain
n'en sçait l'issue. Parquoi vous ne
devez sur un tel, & inesperé changement faire, ni precipiter desseins
& resolutions, de peur que ne con-
tristiez l'esprit, & qu'il ne s'esloi-
gne de vous, oubliant les graces
qu'il vous a faites, & l'heureux suc-

cés de vos affaires. Confiderez
que c'eſt Dieu, qui poſe, & eſtablit
les Rois, & les depoſe, & deſtitue.
Ceſte dominatio nvous eſt donnee
du ciel ; & les hommes vous ſont
donnez pour vous y maintenir.
Vous eſtes majeur. Il vaut mieux
eſtre enfant de Dieu, lavé au ſang
innocent de Ieſus Chriſt, que Roy
pollu & contaminé , adherant à
l'idole. Mais l'experience des choſes paſſees vous ont rẽdu ſçavant.
Ne ſoyez indulgent à vos ennemis : car ce ne ſont qu'autant de
morſures de ſerpents & aſpics, qui
pourtant ne vous feront mourir:
toutesfois vous devez eviter tel
venin, & prier le Seigneur Ieſus
qu'il vous en delivre. Ne ſoyez en
ſouci des choſes temporelles &
corruptibles : car tout eſt incer-

E iij

tain. Craignez Dieu, & ne faites
ce qu'il ne vous conseillera point.
Les exemples sont tous recents
en voltre presence : vous y avez
esté trompé, & tous vos serviteurs
avec vous. Ne prenez goust à telles persuasions, pleines de fallace:
fermez l'oreille à ces applaudis-
seurs : recourez à la Loi & aux Pro-
phetes, & puis à la Grace; & toutes
choses maugré le monde, vous
succederont en bien. L'estat de ceste Monarchie est vieux : il a besoin
d'estre renouvelé, & ne sçauriez
empescher que le decret qui est
donné de Dieu n'ait son plein effect. Il vous a esté mis en main,
comme bon pere de famille, pour
y arracher & enter ; & quant &
quant pour cultiver les plantes
qu'il a daigné lui mesmes y plan-

ter. Et sçachez, que comme jusques ici il vous a trouvé propre à son service, qu'il vous y continuera; & ne demãde de vous qu'obeissance, pour tout sacrifice. Adherez lui en tout, pour ne ressembler à la femme de Loth. Sa misericorde est certaine : aussi sont ses jugemens. En somme, craignez Dieu; & tout vous sera donné. C'est la Foy & la Charité, qui sont les deux luminaires qui nous conduisent à la vie eternelle.

LETTRE

A MADAME.

Le bon-heur de l'homme
gist à Prier Dieu, & à
se destourner du mal.

 ADAME,

ON A VEV en ces derniers temps
combien la Religion a d'ennemis,
& chacun en son particulier de

ceux qui en font profeſſion. Vous,
Madame, recognoiſſez en general
la verité, & l'avez ſentie en vous-
meſme. Vos craintes, exils, pleurs,
& morts, ſont teſmoins de toutes
ces choſes. Ie vous ſupplie d'exa-
miner le complot de vos ennemis.
Leurs deſſeins, c'eſtoit d'eſtouf-
fer la Religion : les moyens, c'e-
ſtoient leurs forces : les effects,
que de tous aages & qualitez de
gens il en falloit perdre la memoire par mort. Voila leur prejugé.
Et ont commencé par ce premier
chef d'œuvre, diſans; Ce ſont ſor-
ciers, & vont la nuict; en apres; Ils
ſont phrenetiques, il les faut ſai-
gner. Voila les premieres ſuppoſi-
tions & calomnies, d'où ſont nées
toutes nos guerres ; qu'ils deman-
doient, pour mieux s'aſſeurer du

gouvernement. Finalement, apres
nous avoir fait endurer tant de
maux, d'exils, & de morts; ils ont
crié, que nous eſtions heretiques,
pour s'emparer de cet Eſtat. C'e-
ſtoit leur eſpoir, qui toutesfois en
fin les a mis au deſeſpoir. Tout ceci ſe void & cognoiſt. Mais le droit
& l'innocence ſont demeurez de
voſtre coſté. Vous le voyez, Madame, en ce que les oppreſſeurs ſont
oppreſſez, les vainqueurs vaincus,
les domeſtiques exilez, & les vifs
morts, par le côſeil ſecret de Dieu:
Car ſon ordonnance veut que
ceux qui ſont aſſujettis à la do-
mination, ne dominent, & ne puiſ-
ſent dominer ſur leurs ſuperieurs.
Quels epithetes ſur les couronnes
de ces Rois pretendus! Rebellion,
infidelité, perfidie, impieté, oppro-

bre, honte, vitupere : s'estans ven-
dus eux-mesmes, à prix d'argent,
& ne jugeans point de l'issue &
evenement, se sont jettez en des
precipices , par leurs insolences;
tellement qu'en fin , de bons ils
sont devenus mauvais; de fidelles,
infidelles ; d'honorez, deshono-
rez; de riches, pauvres; de nobles,
vilains; & en est leur memoire exe-
crable. C'est le salaire de tous ceux
qui par mauvaises pratiques troublent la vraye Religion, né reco-
gnoissans pas qu'elle est plus forte
que l'Estat. Et puis qu'il a pleu à
Dieu, Madame, vous rendre sans
crainte domestique, la joye & vie;
recognoissez que telles delivran-
ces viennent de sa main. Et tout
ainsi que par le passé on ne vous a
sceu vaincre, ains vous a-on ren-

due plus conſtante & perſeverante ; que ſera-ce maintenant, que
toutes ces manieres de ſupplices
ſont paſſees, & que le Regne ſe
prepare à la paix ? Car le Roy re-
gnãt en juſtice, purgera ce corps,
& reſtablira tout bon ordre.Il eſt
au Royaume de lumiere, & cognoiſt ſa legitime vocation,& ſeſt
mis en ſon devoir pour y achemi-
ner les autres, & eſt armé pour ſe
faire obeïr : & Dieu le gardera de
tous ſiniſtres malheurs, d'autant
qu'il ſ'ayme, & lui ſera pour ayde,
Ce Dieu, qui a promis à ſon
Egliſe tout repos,en luy donnant
de bons Rois & Chreſtiens, pour
peres nourriſſiers. Et vous qui a-
vez cet honneur,que vous reſte-il,
ſinon qu'icelui vous ayant trouvé
perſeverante en priere, & vous

ayant exaucée vous face la grace
de voir le Roi regner longuemét,
pour doreſnavant vivre ſous lui
en paix, union, & concorde les
uns avec les autres. Ie prie l'Eternel qu'il vous en face la grace.

A MESSEIGNEVRS
les Princes du Sang.

Tout ſoupçon n'eſt pas
vray : Et tout bruit
eſt ſoupçonneux.

 ES-SEIGNEVRS,

CEVX qui voyent voſtre chaleur
& ardeur en vos comportemens
& deportemens, jugent quelle affection vous portez au ſervice du
Roy, voſtre ſouverain. D'un coſté,

vous estes l'occasion de l'inimitié
que les Communautez lui portêt:
qui n'est pas selon le pretexte
qu'ils prennent, que c'est la Religion; mais plustost à cause que
vostre nom de Bourbon n'est pas
en bône odeur entre ces gens, qui
mesmes ne vous souffriront pas
de posseder en paix ce que Dieu
vous a donné:& se fondant sur les
premiers desseins, troublent la benignité du Roi,& sa tres-juste pos-
session,& par mesme moyen la vostre. Vous qui estes sa chair, vous
devez tellement joindre à lui, que
soyez inseparables,& sentir vostre
dommage, en son travail. C'est
vostre precurseur: c'est celuy qui
applanit la voye, & la vous rend
si facile, que tant que ceste Monarchie durera, elle ne vous es-

chappera point. Quel bien! que
voſtre Chef travaille pour vous,
qu'il vous couche & leve, comme
le pere ſes enfans,& debat aux deſ-
pens de ſa vie,voſtre vie,qui eſtoit
perduë?Car il n'a tenu à vos amis
ennemis, que ne ſoyez morts , &
que meſme voſtre memoire ne
ſoit execration. Et avoient commencé desja de mettre ſur ce gråd
arbre force pretentions, par leurs
boutefeux, & genealogies ſuppo-
ſees; tellemét que jamais il ne s'en
fuſt relevé. Vous contentez du repos & richeſſes , & ne ſecoüez le
meſpris & vitupere. Que penſez
vous?Eſtes vous endormis,& avez
vous mãgé les mandragores,pour
eſtre inſenſibles , & n'apprehender rien? C'eſt le Roy. Quel bien,
quel hôneur, quel contentement!
VOUS

vous estes ses parens, & il se monstre estre le vostre : vous devez
donc vous unir plus estroittemēt,
& avec plus d'affection. Il travaille
pour vous , & pour tout , n'a que
peine , Priez Dieu qu'il vive, pour
vous donner ce que sans lui vous
ne pourriez avoir. Cessez de penser mal à cause de la Religion, & ne
le contristez. Vous vaincrez vos
ennemis, osterez vos ruines, & pos-
federez en paix ce que Dieu & vos
majeurs vous ont laissé. Ie prie le
Souverain Roi du ciel & de la terre, qu'il vous en face la grace.

F

LETTRE

A MESSEIGNEVRS
les Mareschaux de France.

La memoire est heureuse
de ceux qui font bien.

ES-SEIGNEVRS,

SI IAMAIS Royaume a senti que
c'est de perfidie & infidelité, cet-
tui-ci en a esté le plus travaillé:
car en tous ordres & qualitez de

gens, il s'en est trouvé & des uns &
des autres. Ie vous prie , que pou-
viez vous esperer des effects de
telles impietez qu'une totale rui-
ne & subversion de cet Estat ? Et
le moien qu'ont tenu les autheurs
de telles factions ; c'estoit , d'es-
chauffer les uns , & intimider les
autres ; faire le noble, vilain ; & le
vilain , noble ; rendre les Princes
povres, odieux , & mettre en leur
place gens incognus & sans nom.
Et de toutes ces choses pesle-
mesle en est sorti un tel mespris,
que les superieurs ont craint, la
justice près de sa fin, le noble ane-
anti ; brief tout bon ordre osté.
Vous eussiez pensé que tout estoit
en la fosse , & desja mort. Vous
avez veu toutes ces choses, Mes-
Seigneurs , & en estes tesmoins,

pour estre anciens Officiers de cette Couronne. Vous sçavez combien de fois l'on vous a parlé de ces tumultes & divisiõs; les couleurs qu'on leur donnoit; & les promesses qui vous en ont esté faites. C'a esté à vous, à qui ce pacquet a esté adressé beaucoup de fois, pour mieux asseurer leurs pretentions; & debouter les orphelins, tant de l'un que de l'autre costé. Et en la naissance de tous ces malheurs, tousjours c'estoit nouveau pretexte, dont les orages tomboient en fin sur les Princes, en les exilant loin des affaires, & les privant de la presence du Roy, par leurs artifices: qui a esté cause que l'instrument n'a eu la force qu'a peu avoir la vive voix. L'on voit combien le conseil des jeu-

nes est dõmageable, & en un Eftat
és mains de la chofe la plus legere
de tout le monde. Et tout ainfi
que par le paffé tout mal a efté la
viande la plus commune à telles
gens, & qu'ainfi eft que le bandeau
eft ofté , & les autheurs cognus,
vous jugerez de la fin. Iufques ici
vous eftes irreprochables , pour
vous eftre monftrez vrais François, & avoir gardé au Roi fon au-
authorité, & mettant voftre vie
pour le conferver & faire obeïr,
c'eft vous qui eftes fidélles. Puis
donc qu'il cõvient reftablir le bien
en cet Eftat , & que le ferment &
vos charges vous y obligent; que
vous avez tousjours fouftenu cette Couronne , comme forts arcs-
boutans, & eftes les caufes fecon-
des qu'eftant penchante fur la te-

fte du Roi, elle a efté redreffee : A
vous l'honneur d'un tel bien, pour
vous eftre monftrez conftans en
ce nouveau changement. Il eft neceffaire d'en chaffer le mal qui y
eft, puis qu'il eft cognu , & em-
pefcher qu'il n'y retourne. C'eft à
vous d'y tenir la main pour mettre l'ordre que DIEV commande.
Et DIEV, qui conduit le Roy, en le
faifant profperer, fera que de tout
voftre travail fortiront bons &
loüables effects. Et pour un tel
bien public priera Dieu pour voftre profperité.

A MESSIEVRS
des Cours de Parlement.

Ceux qui administrent, administrent comme devant Dieu.

 ESSIEVRS,

Pv is que la pieté est le seul lien d'union, la Iustice l'est de l'obeissance & amitié. Ce sont les deux

astres descendus du ciel, pour estre
l'ornement de ce monde. Et bien
peu s'en faut que la malice des
hommes ne les ait estouffées: mais
estans de nature Angelique & immortelle, impossible est de les a-
neantir. Il se voit combien la Iustice a esté oppressee par la toleran-
ce d'aucuns mauvais ministres d'i-
celle. Et eussiez jugé à voir, tant l'i-
niquité est grande, qu'elle estoit
terrestre, & prés de sa fin; pource
qu'elle doit reluire entre vous,
comme estoilles au Firmament;
pour d'icelle clarté cognoistre les
malefices & forfaits des hommes.
Maintenant vous cognoissez de
quelle importance vous a esté, &
est encore, d'avoir esté par trop
misericordieux; vous qui estes la
Iustice; vous, Messieurs qui estes

les premiers vertueux , de qui la
conſtance & fidelité eſt cognuë;
qui tenez la balance pour peſer
tout le reſte de ce mauvais monde
en cet Eſtat. Il vous ſera facile de
juger des effects paſſez, pour donner lieu à ceſte Iuſtice , qui vous
eſt tant recommandee de Dieu, &
miſe en main; laquelle retournant
au ciel, vous jugera. Car les pechez
des hommes ſont autant de creatures qui naiſſent d'eux , qui un
jour teſmoigneront contre vous;
& par voſtre propre coulpe porte-
rez la peine qu'aurez meritee. Ad-
viſez donc de prevenir le mal , à
celle fin d'eſtre innocens , & non
coulpables. Quittez vos froideurs
paſſees , & vous eſchauffez pour
punir les tiedes & ceux qui ſont
vomis. Ce n'eſt point à vous d'ab-

foudre le coulpable, pour donner
lieu au mal; qui est ce ver, qui ron-
ge les fondemens de ceste Monarchie : mais devez punir la Rebellion, pour estre le crime le plus de-
testable & irremissible. Tenez vous
à ceste colomne, laquelle est tres-
asseuree, & qu'il est impossible de
renverser. Recognoissez que vostre charge est perilleuse & impor-
tante : Vous estes esprits admini-
strateurs, servans à Dieu en justice:
C'est lui qui vous advouëra & for-
tifiera. Priez le qu'il vous en face
la grace.

La vertu est sans crainte:
car elle surmonte toutes
choses par mespris.

A MONSIEVR
d'Aubigni.

Pres beaucoup de bons propos, ç'a esté l'advis de Monsieur Constans, que de vous venir trouver pour vous prier d'estre mon Censeur & Conseiller en l'entreprise que j'ay; laquelle je desire vous faire voir, si tant est qu'ayez le loisir, & me ferez un grand honneur.

MONSIEUR, la grace eſt une partie en l'homme que j'eſtime la plus neceſſaire ; & m'eſtime heureux, que vous ayant viſité, j'ai trouvé en vous, ce que long temps y a j'avois attendu: Et puis dire en verité, que les entreveües font des devoirs auſſi eſtroits, que les amitiez entretenues de longue main. C'eſt de la peine que ie vous ai donné; que nonobſtant voſtre indiſpoſition & peu de loiſir, vous ayez couru ſur la recerche & franchiſe de mon eſprit, qui vous donnera louange; laquelle j'accompagnerai de tous devoirs, quelque incommodité qui s'y preſente. Dieu me fera la grace de m'y porter avec autant d'affection que le devoir m'oblige.

Pour vous obeyr avec tant
de volonté , que volon-
tairement ie le promets.
IEAN DV-SIN.

LE PEV de communication que
j'ai eu avec vous, m'a laissé un
desir & affection de vous tesmoigner par quelques particulieres
cognoissaces, le souvenir que j'en
ai; cōmençant comme de la male-
diction sur le Serpent, *Tu mangeras*
la poussiere; c'est autant, Vn chacun
te maudira. Pour le nom de *Satan*,
ou autres, ie tiens que c'est la force du mal. Pour le morceau trem-
pé que Iudas receut en la Cene, le
don de ce pain ; Voila ta portion,
tu n'as plus de par en moi, Sur ce
mot de l'Oraison Dominicale, *Don-*

ne nous noftre pain quotidien; Entretien la vie qu'il t'a pleu nous donner, comprenant tout: *Et ne nous indui point en tentation*; Fai que nous ne rencontrions le mal. En Philofophie, ie ne recognois fubftance ni matiere, pour principes, qui puiffe eftre appellee element: car le ciel font vapeurs congelees, efpaiffies par le nitrum, & fouftenues par l'excrement du feu; mais bien qualitez operantes: Le feu qui pour fon excrement a l'air; & l'air pour fon excrement, l'eau; & l'excrement de l'eau, la terre. Voila la generale operation, quoi que la viciffitude coupe & interrompt l'ordre reiglé. En Medecine, le Printemps chaffe les maladies, l'Efté les garde, l'Automne les produit, & l'Hyver les loge. Vne mala-

die, source de plusieurs autres; un
remede , de plusieurs especes ; Le
Medecin oste le nuisible, & non le
plus nuisible. N'allangouri ton
corps par abstinence , & ne desseiche ta vie par jeusne: Car une seule nature guerit. Entre les hommes
le commencement de la societé,
c'est amour, laquelle est recognue
par amitiez, & entretenue par devoirs : que les racines ne sont pas
plus necessaires aux arbres pour
les maintenir, que les amitiez pour
nous en retenir. Appuis tres necessaires à la vie presente ; Escouter,
retenir, & peu parler ; qui est sage
pour commander , advisé pour
conduire, & sçavant en bon exemple. Eschole pour tous ; Les amitiez & devoirs Chrestiens ne doivent jamais faire naufrage , quel-

que commodité ou incommodité
qu'on reçoive de ses amis. Quitte
de ton droit , & non pas de ton
honneur, celui la est sage qui sçait
conserver son honneur. Quelques
maximes necessaires à la guerre;
L'homme de guerre doit estre dans
le conseil de ses ennemis : N'user
de misericorde en vainquant : Ne
faire des ennemis plus grands que
soy, ennemis qu'on ne puisse vaincre ; ennemis de gayeté de cœur.
Peu en conseil : brief en surprises:
fort en entreprises : faux bruits en
feintes : & constant en resolutions.
Quant à mes vœus; Ne trouver les
meschans que par rencontre ; &
voir les bons par communication:
Ne faire jamais mal, ne le conseiller jamais , & ne me trouver la ou
il se fera. Pour mes souhaits ; Ie
desire

desire vivre de la vie des saincts,
mourir de la mort des justes, & ma
demeure avec les esprits bien-
heureux. Monsieur, j'honore les
les bons esprits, & rejette ceux
qui par commentaires fortifient
l'ignorance.

LA MATIERE du monde est
une creature qui ne se renou-
velle, & n'est sujette à vicissitude.
L'ouvrage, la varieté & diversité
de tant d'especes: L'homme l'œuvre qui deffriche, separe, agence,
& embellit le Chaos. Ceux qui
croient la Parole de Dieu, ont l'hi-
stoire d'icelle en admiration, ne
peuvent devenir heretiques; mais
les interpretes. Arrestons nous; de
meurons avec les pescheurs prescheurs; & non avec les prescheurs

G

pecheurs. Les martyrs du temps
prefent font le feau de la tyran-
nie. Vn jour quelque curieux me
demanda , fi l'Efcriture faincte
eftoit neceffaire: Ie lui refpondis,
tres-neceffaire ; car par icelle tous
hômes font enfeignez ; & les efleus
cognoiffent la volonté de Dieu re-
velee en icelle. La replicque fut;
Puis qu'elle eftoit fi neceffaire, qui
l'imprimeroit en l'autre monde. A
quoi ie refpondi, qu'il n'en eftoit
befoin : car les efleus de Dieu la
fçauroient toute par cœur. Plufieurs genealogies ; mais une generation. Tous hommes font d'un
fang : comme les eftoiles d'une matiere. N'ufons de murmure contre
la vie de nos peres, ni la noftre ; car
elles ne font point à nous : mais re-
gardons le train qu'ils ont mené,

& celui que nous menons. Les enfans font les habitans du monde,
& nous en fommes leurs hoftes, &
vivons pour mettre noftre memoire en leur vie. Qu'aucun ne
mefprife l'eftude ni le temps : L'e-
ftude eft provifion de pain ; & le
temps, c'eft l'hyver : faifons donc
provifion de pain, afin que l'hyver
ne nous foit fafcheux à paffer.
Monfieur,

Le Soleil nous efclaire.

TOvchant quelques recer-
ches de l'improprieté des termes, que les plus judicieux ont
avec le commun en la bouche,
dont je veux vous en produire
quelques-unes des plus commu-
nes. Voici un homme accufé d'un
crime ou de plufieurs ; on lui de-

mandera; *Vous promettez de dire verité; Dites verité; ou, Direz vous verité?*
Maniere de parler du tout impropre & point neceſſaire : car il y a pluſieurs choſes vrayes, & toutefois il n'y a qu'une verité. Ce qu'il dira du cas dont il ſera accuſé ſera vray, & ne ſera pourtant verité. La pluſpart de nos paroles ſont à la volée, & improprement prononcées. Vn malade dira; *Je veux corrompre mon mal; Je penſois corrompre mon mal.* Tels mots ſont mal entendus. Corrompre ſon mal, eſt le faire plus corrompu qu'il n'eſt. Autres diront; *Nous avons beſoin de changer d'air,* ou, *Nous avons changé d'air.* Nous reſpirons un ſeul air, quelque part que nous ſoyons. Diette, Abſtinence, Regime, trois façons de parler non en

tēdues, & moins pratiquées. Diette, ordre reiglé: Abstinence, choix
de viandes : Regime, les heures
qu'on prend. Les anciens ont ves-
cu ainsi, & n'ont māgé leurs viandes sur-annees, ni les fruicts hors
de saison; s'entretenant le goust; &
quand ils le perdoient, au plustost
le recouvrer, estoit le meilleur.
Qu'on demāde à un homme. Que
faites vous? Tout aussi tost respon-
dra, *Ie gaigne ma vie.* Parole ingrate,
abusive: au lieu de dire; Ie travaille
pour manger, & pour m'avoir à
manger. D'ailleurs, quand on parle
de la mort, on dit; *La cruelle mort; la
griefve mort; l'horrible mort,* & autres:
Au lieu d'accuser les tourmens
cruels, griefs, horribles ; on jette
tout sur la mort, qui est un doux
depart. Les hommes disent: *Dieu*

m'afflige; ou, *ie suis affligé*. Ce sommes nous, qui nous affligeós nous mesmes : mais Dieu chastie de justice, vengeance, & langeurs ; Et tiens, que ceux qui pechent contre Dieu sont punis en leurs biens, ceux qui pechent côtre leur prochain, sont punis en leurs personnes. Depuis cette lettre escrite, un jour me trouvant en récontre de plusieurs qui donnent la consolation aux malades : & voulant honorer cette compagnie un d'eux me dit, reprenez vostre place: car la Theologie & la Medecine ont grand sympathie ensemble, la replique fut, qu'il y avoit une tresgrande disproportion entre les deux, quelle? dit-il, c'est que vous Messieurs, exhortez les malades à bien mourir : & moy ie travaille beau-

coup pour les faire vivre.
Monſieur,

> *Rien honoré que l'ignorance, plus*
> *requis que le mal, tant ſollicité que*
> *de mal-faire.*

Theodori Agrippæ Albinæi Epigramma ad Ioan. Sinum.

Nullius addictus iurasti in verba magistri:
Principia éque Sinu, non aliunde, petis.
SINE, erit iste LIBER, LIBER tuus: & dabit idē
Principium reliquis, qui sibi principia.

Verſion du ſuſdit Epigramme. par L. C.

Tu n'as juré aux mots d'aucun maiſtre
    juré,
Et tires de ton S I N, non d'ailleurs ton
    principe:
Ce L I V R E eſt L I B R E tien, & d'autres le
    principe
Comme de ſoi il a ſes principes tiré.

Nous avons veu, ſçeu, & cogneu
hors du commun.

1. LA Prophetie eſt des choſes à venir.
2. La contemplation priere.
3. La méditation ratiocination.
4. L'hiſtoire, un recueil des choſes paſſees.
5. Il y a de la gloire a eſtre riche: mais il y a plus de gloire a eſtre homme de bien.
6. Les riches amaſſent le gland, & l'homme de bien la manne.
7. La proſperité engendre des envieux, & à l'homme de bien des ennemis.
8. La cauſe de la pauvreté en ce monde, ſont les injuſtes poſſeſſeurs.
9. Le domicile de Satan eſt parmi les riches meſchans.
10. La figure de ce monde paſſe, l'hôme.
11. Nous devons eſtre viſitez: mais peu cognus.
12. On void beaucoup de gens, & infinis peuples: mais peu d'hommes.
13. La ſuffiſance avec gloire eſt vice,
14. La ſuffiſance avec ſageſſe eſt vertu.
15. Nous devons avoir la robe de juſtice, & la parole de foy.
16. Arreſtons nous, demeurons, aſſeurós nous de la ſaincte Providence, puis que les inſtrumens qui la portent ſont nos amis.

www.ingramcontent.com/pod-product-compliance
Lightning Source LLC
Chambersburg PA
CBHW060847250626
47162CB00005B/2181